Mother Fox and Mr. Coyote

Mamá Zorra y Don Coyote

By / Por Víctor Villaseñor

Illustrations by / Ilustraciones de
Felipe Ugalde Alcántara

Spanish translation by / Traducción al español por
Guadalupe Vanessa Turcios

PIÑATA
BOOKS

Piñata Books
Arte Público Press
Houston, Texas

Publication of *Mother Fox and Mr. Coyote* is made possible through support from the Clayton Fund and the City of Houston through The Cultural Arts Council of Houston, Harris County. We are grateful for their support.

Esta edición de *Mamá Zorra y Don Coyote* ha sido subvencionada por el Fondo Clayton y por medio del Concilio de Artes Culturales de Houston. Les agradecemos su apoyo.

Piñata Books are full of surprises!
¡Los libros piñata están llenos de sorpresas!

Piñata Books
An Imprint of Arte Público Press
University of Houston
452 Cullen Performance Hall
Houston, Texas 77204-2004

Villaseñor, Víctor.
    Mother Fox and Mr. Coyote / by Víctor Villaseñor; illustrated by Felipe Ugalde Alcántara; Spanish translation by Guadalupe Vanessa Turcios = Mamá Zorra y Don Coyote / por Víctor Villaseñor ; ilustraciones por Felipe Ugalde Alcántara ; traducción al español por Guadalupe Vanessa Turcios.
      p. cm.
    Summary: Mamá Zorra distracts a hungry coyote from eating her and her three cubs by persuading him that the moon's reflection in a pond is actually a giant wheel of cheese.
    ISBN 1-55885-428-2 (alk. paper)
    [1. Foxes—Folklore. 2. Coyote—Folklore. 3. Moon—Folklore. 4. Folklore—Mexico. 5. Spanish language materials—Bilingual.] I. Title: Mamá Zorra y Don Coyote. II. Ugalde Alcántara, Felipe, ill. III. Turcios, Guadalupe Vanessa. IV. Title.
PZ74.1.V54 2004
398.2'0972'04529775—dc22
[E]   2004044592
                                                      CIP

4 5 6 7 8 9 0 1 2 3   0 9 8 7 6 5 4 3 2 1

In loving memory of my mother and father, Lupe and Sal Villaseñor
—VV

To Alejandra and her friend the moon
—FUA

En memoria de mi mamá y mi papá, Lupe y Sal Villaseñor
—VV

Para Alejandra y su amiga la luna
—FUA

Have you ever looked up at the full moon and seen the face of a little fox smiling down at us? Try it. It is easy. Just look up at it when it is full and round on a dark night. You will know why this miracle of creation occurred.

You see, once a mother fox and her three baby foxes lived under a tree stump way up a long valley. Her babies were so tiny that they could fit in a human hand. The roots of the tree stump hid their home from the world. Mother Fox loved to bring her little cubs out into the sunlight to sunbathe on top of the rocks above the tree stump.

¿Alguna vez has mirado la luna llena y visto la cara de una zorrita que nos sonríe? Pruébalo. Es fácil, sólo mira hacia arriba cuando esté llena y redonda en una noche oscura. Verás por qué ocurrió este milagro de la creación.

Sabes, había una mamá zorra que vivía con sus tres zorritos debajo del tronco de un árbol en lo alto de un largo valle. Sus bebés eran tan pequeños que cabían en la palma de una mano humana. Las raíces del tronco ocultaban su hogar del mundo. A Mamá Zorra le encantaba sacar a sus cachorritos para que pudieran tomar el sol encima de las rocas que cubrían el tronco.

But Mother Fox always had to stay alert and be very careful. An old coyote, who lived further up the hill, was lonely, mean, and always hungry. He was bigger than Mother Fox. She knew that he would devour her and her babies, if he could.

Mother Fox was a softhearted red fox. She could understand the coyote's loneliness, and felt sorry for him. But she knew that she had to be very careful with him, or her children would be nothing but an appetizer for the coyote. And she would be his main course. After all, this was the way the world worked.

Pero Mamá Zorra tenía que estar alerta y tener mucho cuidado siempre. Un viejo coyote que vivía más arriba en la colina se sentía sólo, era malo y siempre tenía hambre. Era más grande que Mamá Zorra. Ella sabía que si él pudiera, la devoraría a ella y a sus bebés.

Mamá Zorra era un zorro rojo de gran corazón. Comprendía la soledad del coyote y sentía pena por él. Pero ella sabía que debía tener mucho cuidado con él, o sus hijos se convertirían en un aperitivo para el coyote, y ella sería el plato principal. Después de todo, así es el mundo.

One day, Mother Fox came in with a couple of field mice that she had caught. She presented them to her cubs for dinner. It was late in the afternoon. Her baby foxes ate the mice immediately, but they were still hungry. Mother Fox looked out and saw that Father Sun was still out, so she decided to take her three children on a hunt for more food. They were getting bigger, after all, and she thought it was a good idea to begin teaching them how to hunt for themselves.

With Father Sun going down and Mother Moon coming up, the family went down the valley, past the fields, and up a small slope to the big water pond that farmers used for irrigating their fields. Mother Fox hoped to go around the pond's edge to show her kids how to hunt for frogs. Frogs were not dangerous, and the big bullfrogs were already making their big, throaty sounds, "rrr-ouup, rrr-ouup."

Un día, Mamá Zorra llegó con un par de ratones de campo que había cazado. Se los dio a sus cachorros para la cena. Era pasada la tarde, así es que los zorritos se comieron los ratones inmediatamente, pero quedaron con hambre. Mamá Zorra se asomó y vio que Papá Sol aún estaba fuera, por lo que decidió llevar a sus tres hijos a cazar más comida. Después de todo, los zorritos estaban creciendo, y pensó que era una buena idea comenzar a enseñarles cómo cazar por sí mismos.

Papá Sol iba bajando y Mamá Luna iba subiendo cuando la familia bajó del valle, pasó los campos y subió una cuesta pequeña para llegar a un estanque de agua que los granjeros usaban para irrigar sus campos. Mamá Zorra quería rodear la orilla del estanque para enseñarles a sus cachorros cómo cazar ranas. Las ranas no eran peligrosas, y las ranas grandes, que se llaman sapos, ya habían empezado a hacer fuertes ruidos, "cro-a, cro-aaa".

The children had never heard frogs before, much less seen them. The baby foxes entered the grass that grew along the pond's edge, and jumped back in fear when they saw their first frog up close and it croaked, "Rrr-ouup! Rrr-ouup!"

Mother Fox started laughing so hard that she rolled on the ground, holding her sides. Her three adorable babies leapt after the frogs. There were hundreds of frogs! Frogs were all over the place! But all the frogs, no matter how small or big, were too quick for the three little foxes. They just kept on getting away!

Los zorritos nunca antes habían oído una rana, mucho menos visto una. Entraron en el pasto que crecía en la orilla del estanque, y saltaron aterrorizados cuando vieron su primera rana de cerca y ésta croó, "Cro-aaa! ¡Cro-aaa!"

Mamá Zorra comenzó a reírse tan fuerte que rodó en el suelo, agarrándose las costillas. Sus tres bebés adorables saltaron persiguiendo las ranas. ¡Había centenares de ranas! ¡Las ranas estaban por todo el lugar! Pero todas las ranas, no importaba si eran grandes o pequeñas, eran demasiado rápidas para los tres zorritos, y se escapaban de ellos.

Then Mother Fox's most adventurous cub came eye-to-eye with a great big bullfrog. The little fox leapt on the strong bullfrog, trying to hold it down with his tiny front paws. The frog let out such a mighty croak, "RRR-OUUP," that the cub fell over backwards.

Mother Fox continued to laugh. Now, her three determined children were going after the same big bullfrog. But no matter how hard they tried to catch it, it always got away. It was far too fast and strong. The bullfrog was now leaping over the three little foxes' heads, toying with them. Finally, the frog leapt into the pond and swam away.

Uno de los zorritos más aventureros se enfrentó ojo a ojo con un gran sapo. El pequeño zorro saltó encima del fuerte sapo, intentando sujetarlo con las patas delanteras, pero el sapo soltó un croar tan poderoso, "CRRRO-AAA", que el cachorro cayó de espaldas.

Mamá Zorra siguió riéndose. Sus tres hijos estaban resueltos a atrapar el gran sapo ahora. Pero no importaba cuánto se esforzaran en atraparlo, siempre se les escapaba. Era demasiado rápido y fuerte. El gran sapo saltaba sobre sus cabezas, jugando con ellos. Finalmente, el sapo saltó al lago y se fue nadando.

"Oh, no, Mr. Coyote," said Mother Fox, moving her children behind her. "Please don't eat my kids and me! I know you caught us fair and square. I know it's my fault for not paying attention. But we were having so much fun trying to catch these frogs."

"Yes, I thank you for your carelessness," said the big coyote, "because now I have caught you, and I'm going to eat you."

He was so hungry that saliva was dripping from his mouth.

—Ay no, Don Coyote, —dijo Mamá Zorra mientras escondía a sus hijos detrás de ella—, ¡por favor no nos coma a mis hijitos y a mí! Sé que usted nos atrapó justamente. Sé que es mi culpa por no poner atención. Pero nos estábamos divirtiendo tanto tratando de atrapar a estas ranas.

—Sí, agradezco tu descuido, –dijo el gran coyote—, porque ahora te he atrapado y voy a comerte.

El gran coyote tenía tanta hambre que se le hacía agua la boca.

"Mr. Coyote," pleaded Mother Fox, "please find it in your heart to let my children go. Just eat me. You see, this is their first hunt, and this isn't their fault."

"Look," said the coyote, "I hear what you say, and if I had two good hips, I might consider your plea. But I'm having a hard time feeding myself these days. So no, I've got all of you now and I'm going to eat you. If I just eat you and spare your children, they will die anyway. Besides, I'm really hungry, and you all look so juicy and tender," he said, drooling more saliva off his long, red tongue and big, sharp teeth.

Mother Fox knew that there was nothing she could say. He was right: this was the way of the world. She and her kids had been trying to eat the frogs, too.

—Don Coyote, —suplicó Mamá Zorra—, ¿podría abrir su corazón y dejar que mis hijos se fueran? Cómame sólo a mí. Usted ve, ésta es su primera cacería y no tienen la culpa de esto.

—Mira, —dijo el coyote—, entiendo lo que me dices, y si tuviera las caderas buenas pensaría en tu súplica. Pero, últimamente estoy batallando para alimentarme. Por lo tanto, no. Ahora los tengo a todos y me los voy a comer. Si sólo te como a ti y no a tus niños, ellos morirán de todos modos. Además, tengo mucha hambre, y todos ustedes se ven tan jugositos y sabrosos, —dijo derramando más saliva de su larga lengua roja y de sus dientes grandes y filosos.

Al ver la gran hambre del coyote, Mamá Zorra sabía que no había nada que pudiera decir. Él tenía razón, así funcionaba el mundo, y ella y sus hijitos habían estado tratando de comerse a las ranas, también..

Oh, how the crafty mother fox wished she could think of a way to escape. She just happened to glance up at the sky, and she saw the full moon in all her great glory coming up above the hill. Mother Moon was smiling down on her with such love and compassion that suddenly Mother Fox lost all the fear she had for the terrible coyote. Now, she was able to think straight.

"Look, Mr. Coyote," Mother Fox said, "instead of eating me and my three little, skinny cubs, how would like to have a great big, freshly-made cheese, all for yourself?

Mother Fox, like everyone else, knew how much coyotes love good cheese. But this coyote was old and smart, so it would be hard to trick him.

"Humans make cheese," said the coyote, "so where am I going to find such a cheese without getting shot by farmers? Besides, I already have you, so why should I look further?"

Oh, cómo deseaba la astuta mamá zorra encontrar alguna manera de escapar. Apenas subió los ojos al cielo y vio la luna llena que en toda su majestuosidad se asomaba por la colina. Mamá Luna le sonreía con tanto amor y compasión que Mamá Zorra de repente dejó de sentir todo el miedo que le tenía al terrible coyote. Ahora comenzó a pensar con claridad.

—Mire, Don Coyote, —dijo Mamá Zorra—, en vez de comerme a mí y mis tres pequeños y flacos cachorros, ¿no le gustaría mejor comerse un queso grande, recién hecho, todo para usted sólo?

Mamá Zorra, como todo el mundo, sabía que los coyotes adoraban un buen queso. Pero este coyote era viejo y listo, así que iba a ser difícil engañarlo.

—Los humanos hacen queso, —dijo el coyote—, ¿en dónde voy a encontrar tal queso sin que los granjeros me disparen? Además, ya los tengo a ustedes, ¿para qué busco más?

"Because I'm little," said Mother Fox, "and my three babies are so skinny and tiny that you'll still be hungry after you eat us. But if you eat a great, big, delicious, freshly-made cheese, you will not be hungry for weeks."

"Really?" asked the coyote, his eyes opening wide with greed.

"Yes, really," said Mother Fox, winking at her children. "Come, follow me. I'll show you the great cheese. My little kids and I were on our way to get the cheese ourselves."

"Oh, no, you're not going to fool me and get away from me!" said the coyote.

"Look, Mr. Coyote," said the mother fox, "I swear, if the big cheese isn't there, then I'm yours. You can eat me first and then my children."

Hearing their mother's words, the three little foxes shivered with fear until they saw her wink at them once more.

"Okay," said the coyote. "Show me."

—Porque soy pequeña, —dijo Mamá Zorra—, y mis tres bebés son tan flacos y chicos que usted quedará con hambre después de que nos coma. Pero si se come un queso grande, delicioso, recién hecho, no tendrá hambre por muchas semanas.

—¿En verdad? —preguntó el coyote, sus ojos abriéndose con avaricia.

—Sí, de verdad, —dijo Mamá Zorra guiñándoles el ojo a sus hijos—. Venga, sígame. Le enseñaré el gran queso. Mis hijitos y yo íbamos en camino a buscar el queso para nosotros.

—Ah no, ¡tú no me vas a engañar y escarparte de mí! —dijo el coyote.

—Mire, Don Coyote, —dijo Mamá Zorra—, le prometo que si el gran queso no está allí, soy suya. Me puede comer a mí primero, y después a mis hijos.

Al escuchar las palabras de su madre, los tres zorritos temblaron de miedo hasta que vieron que ella les guiñaba el ojo otra vez.

—Está bien, —dijo el coyote—. Muéstramelo.

So they went to an out-cropping of boulders. From there, they could see the reflection of Mother Moon in the middle of the pond.

"There," said Mother Fox, "see the great, big wheel of cheese in the water?"

Seeing the huge, round, yellow reflection of the moon in the water, the hungry coyote licked his chops, drooling even more saliva from his long red tongue.

"But how am I going to get it?" he asked anxiously. "The cheese is too deep in the water for me to reach it," said the coyote, putting his paw in the water and trying to stretch it out to touch the cheese.

"Oh, that's not too much water for a big and strong coyote like you," Mother Fox said. "Just drink the water down low enough so you can reach in and get the cheese."

"Okay, I can do that. But don't move!" the coyote ordered. "The cheese is all mine!"

Entonces caminaron hacia un lugar lleno de rocas grandes. Desde allí vieron el reflejo de Mamá Luna en el centro del lago.

—Allí, —dijo Mamá Zorra—, ¿ve la gran rueda de queso en el agua?

Al ver el enorme, redondo, amarillo reflejo de la luna en el agua, el coyote hambriento se saboreó, derramando aún más saliva de su larga lengua roja.

—Pero, ¿cómo lo voy a alcanzar? —preguntó con ansiedad—. El queso está muy al fondo del agua para que lo alcance, —dijo el coyote, mientras ponía la pata en el agua e intentaba estirarla para tocar el queso.

—Oh, ésa no es demasiada agua para un coyote grande y fuerte como usted, —dijo Mamá Zorra—. Sólo tiene que beber suficiente agua para bajarle el nivel y meter la pata para alcanzar el queso.

—Está bien, puedo hacer eso. ¡Pero no te muevas! —le ordenó el coyote—. ¡El queso es todo mío!

"Of course," said Mother Fox, winking at her children. "It's all yours, Mr. Coyote."

"Yes, it's mine! All mine! You and your babies get none of it!"

The coyote, full of greed, lowered his head to the water's edge and began to drink and drink in great big gulps. He made huge, long sucking sounds as he took the water from the pond into his belly.

Mother Fox and her cubs watched his belly get bigger and bigger, fuller and fuller. He was so hungry and full of greed, thinking that Mother Fox and her cubs might try to steal some of the cheese.

Mother Fox and her children watched and watched as he kept drinking and drinking as fast as he could. They began to laugh when water began to pour out of the coyote's ears.

Instantly, the big coyote turned and tried to catch them for laughing at him. But he was so full water, he could not move. He just fell to the ground.

—Por supuesto, —dijo Mamá Zorra, guiñándoles un ojo a sus hijos—, es todo suyo, Don Coyote.

—Sí, ¡es mío! ¡Todo mío! ¡Tú y tus bebés no tendrán ni un pedazo!

El coyote, lleno de avaricia, bajó su cabeza a la orilla del agua y comenzó a beber y a beber a tragos grandes. Hacía sorbidos y sonidos largos al pasar el agua del lago a su barriga.

Mamá Zorra y sus cachorros miraban cómo su barriga crecía y crecía, llenándose más y más. Tenía tanta hambre y estaba tan lleno de avaricia, pensando que Mamá Zorra y sus cachorros intentarían robarle parte del queso.

Mamá Zorra y sus hijitos miraban y miraban y el coyote seguía bebiendo y bebiendo tan rápido como podía. Comenzaron a reír cuando el agua empezó a salir por las orejas del coyote.

Inmediatamente, el gran coyote se dio vuelta e intentó atraparlos por haberse reído de él. Pero estaba tan lleno de agua que no podía moverse. Sólo se cayó al suelo.

Quickly, Mother Fox and her three little cubs took off running for their home. They knew that they would never be able to fool the coyote again. They would have to be very, very careful in the future.

Rápidamente, Mamá Zorra y sus cachorros salieron corriendo a su casa. Sabían que nunca podrían volver a engañar al coyote. Tendrían que tener mucho, mucho cuidado en el futuro.

That is why, even to this day, coyotes can hardly ever catch a fox, and Mother Moon continues to watch over all mothers. Why? Because Mother Moon is our friend. She keeps watch over all young creatures having fun. She makes sure they are safe when their parents are busy laughing, playing, and having a good time with them.

Es por eso que hasta el día de hoy, los coyotes apenas pueden atrapar a un zorro, y Mamá Luna continúa protegiendo a todas las mamás del mundo. ¿Por qué? Porque Mamá Luna es nuestra amiga. Protege a las pequeñas criaturas que se divierten. Se asegura que estén a salvo cuando sus padres se encuentran ocupados riéndose, jugando, y divirtiéndose con sus hijos.

Víctor Villaseñor says that this was one of his favorite stories when he was growing up. It is a universal story told to children throughout Mexico and many tribes of the Americas. "In raising children," he explains, "there is always the risk of having so much fun with them that we forget to remain alert and responsible." Villaseñor invites us to look at the full moon one dark night, so that we can see the face of Mother Fox on the lower left hand side. She is smiling, and her face gets higher and higher on the moon as night passes. Through her willingness to give her life for her three babies, Mother Fox got her face on the moon.

Víctor Villaseñor dice que ésta era una de sus historias favoritas cuando estaba creciendo. Es una historia universal contada a través de México y por muchas tribus de las Américas. "Al criar a los niños", dice, "siempre existe el riesgo de divertirse tanto con ellos que se nos olvida mantenernos alertas y responsables". Villaseñor nos invita a mirar la luna llena en una noche oscura; en ella encontraremos la cara de Mamá Zorra en el lado izquierdo más bajo. Ella se sonríe, al pasar la noche su cara se eleva más y más en la luna. Por su voluntad de dar su vida por las de sus tres bebés, la cara de Mamá Zorra fue puesta en la luna.

Felipe Ugalde Alcántara was born in Mexico City in 1962. He studied Graphic Communication at the National School of Art in Mexico's National University, where he later taught an illustration workshop. He has been an illustrator and designer for children's books, textbooks, and educational games for fifteen years. He has taught illustration workshops for children and professionals, and has participated in several exhibitions in Mexico and abroad.

Felipe Ugalde Alcántara nació en la ciudad de México en 1962. Estudió Comunicación Gráfica en la Escuela Nacional de Arte de la Universidad Nacional de México, donde después dictó un taller de ilustración. Ha trabajado como ilustrador y diseñador de libros infantiles, libros de texto y juegos educacionales para casas editoriales en México por quince años. Ha enseñado talleres de ilustración para niños y profesionales, y ha participado en varias exposiciones en México y en el extranjero.